獻給我三個摯愛的孩子：亞瑟、奧斯卡和安柏
J. H.

獻給我親愛的兩隻小呱呱，巴希爾與西奧多
A. P.

© 奧斯卡的小紅船

文　字	喬・歐斯特朗迪
繪　圖	阿蒙汀・琵鄔
譯　者	王卉文
責任編輯	徐子茹
美術設計	李唯綸
版權經理	黃瓊蕙
發 行 人	劉振強
發 行 所	三民書局股份有限公司
	地址　臺北市復興北路386號
	電話　(02)25006600
	郵撥帳號　0009998-5
門 市 部	(復北店) 臺北市復興北路386號
	(重南店) 臺北市重慶南路一段61號
出版日期	初版一刷　2018年4月
編　號	S 858511

行政院新聞局登記證局版臺業字第〇二〇〇號

ISBN 978-957-14-6402-2 (精裝)

http://www.sanmin.com.tw 三民網路書店

※本書如有缺頁、破損或裝訂錯誤，請寄回本公司更換。

Original title: Le bateau rouge d'Oscar

奧斯卡的小紅船

喬・歐斯特朗迪／文
阿蒙汀・琵郳／圖
王卉文／譯

三民書局

生日的時候，奧斯卡收到一艘小紅船。
奧斯卡好喜歡這艘小船，走到哪都帶著它。
他會帶小紅船到公園的水池，讓它在水面上航行。
當然水池裡還有其他的船，但他的小紅船才是最漂亮的！

奧斯卡喜歡和小紅船說話，他覺得小紅船會認真聽，而且真的能了解他。

「我好想和你一起去遙遠的地方。」他告訴小紅船：「我們會碰上一些航行在海上的白色大船，會遇到鯨魚和美人魚，還會跟鯊魚、海盜打架……甚至可以找到金銀島。」

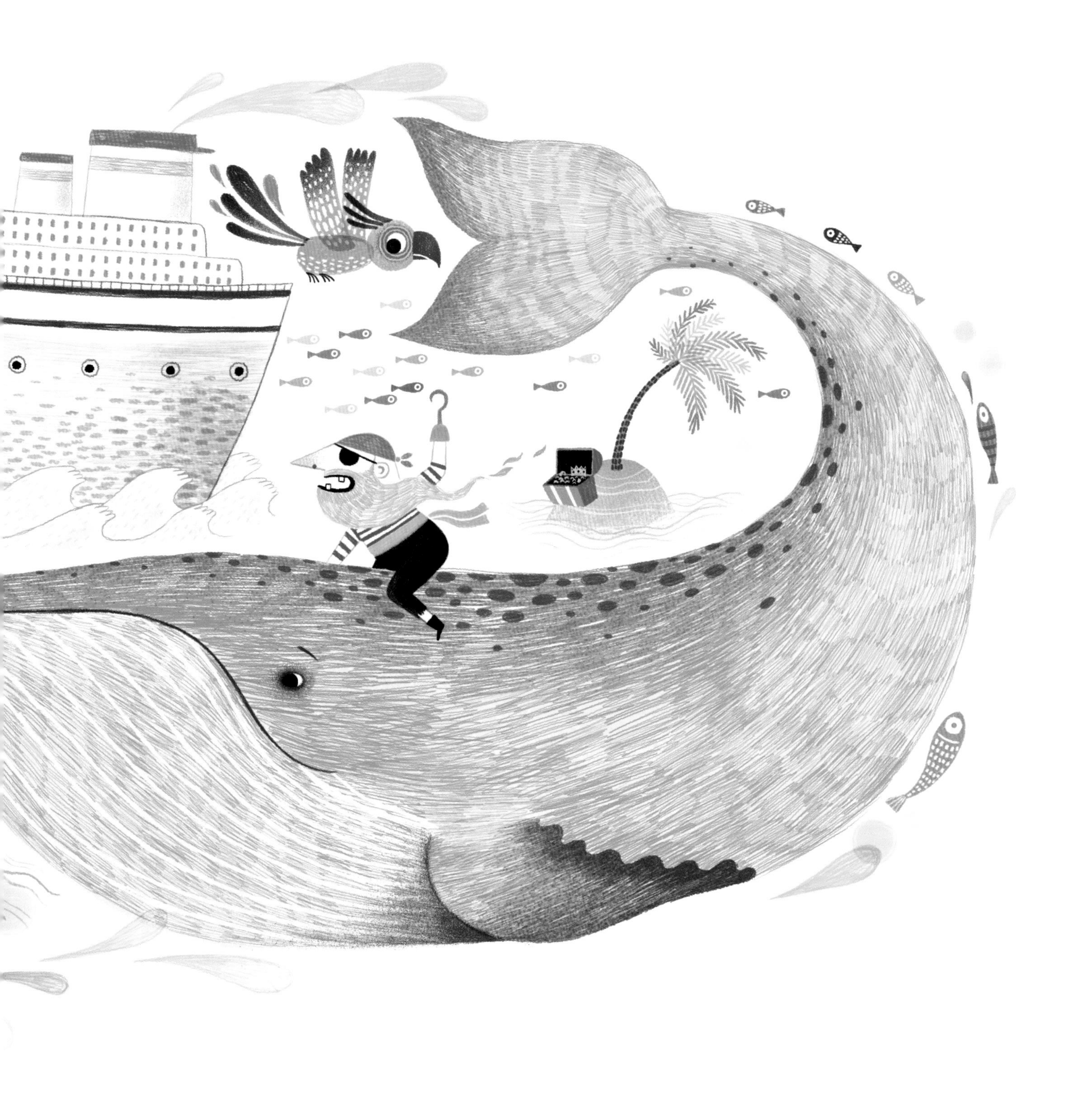

小紅船總是乖巧的聽著他說的每一句話。

「但我們都太小了，還不能去冒險。」奧斯卡嘆了口氣：「必須要等長大才行⋯⋯」

他一邊說，一邊用力的撥動池水，激起一陣大風浪，帶走他和他的小船。

夏天到了，奧斯卡一家人到海邊度假。
一到海邊，大家都迫不及待的衝向大海。奧斯卡當然也不例外，他抱著小船，
跑得像風一樣快。

大海在他們眼前展開，看起來無邊無際。
在最遠的那頭，它碰到天空的地方，那裡就是地平線。
奧斯卡的哥哥亞瑟一下就跳進水裡，因為他很會游泳，
可惜奧斯卡不會，妹妹安柏也不會。
所以爸爸媽媽不准他們離岸邊太遠，怕他們會被大浪打翻而溺水。

小紅船會游泳，它肯定會想到更遠的地方去。
但奧斯卡總是緊緊的抓著小紅船，就算它再不情願——乖乖待在這裡，沒得商量！
在他們四周，奧斯卡既沒有看到鯨魚，也沒看到海盜、美人魚和鯊魚，
他們應該都在更遙遠的海裡吧！
奧斯卡有點失望，小紅船也是。

日子一天天過去，
亞瑟潛水，安柏做沙子蛋糕，
奧斯卡和小紅船形影不離。
有一次，他們差點被一陣大浪捲走，
還好爸爸看見了，趕緊游過去把他們救回來。

在這之後，奧斯卡更加小心了，他用一條繩子緊緊綁住他的玩具船。
為了讓小紅船不要因為被當成小狗般牽著而生氣，奧斯卡偶爾會提議：
「今天換你牽著繩子，這樣我才不會跑走，好嗎？」

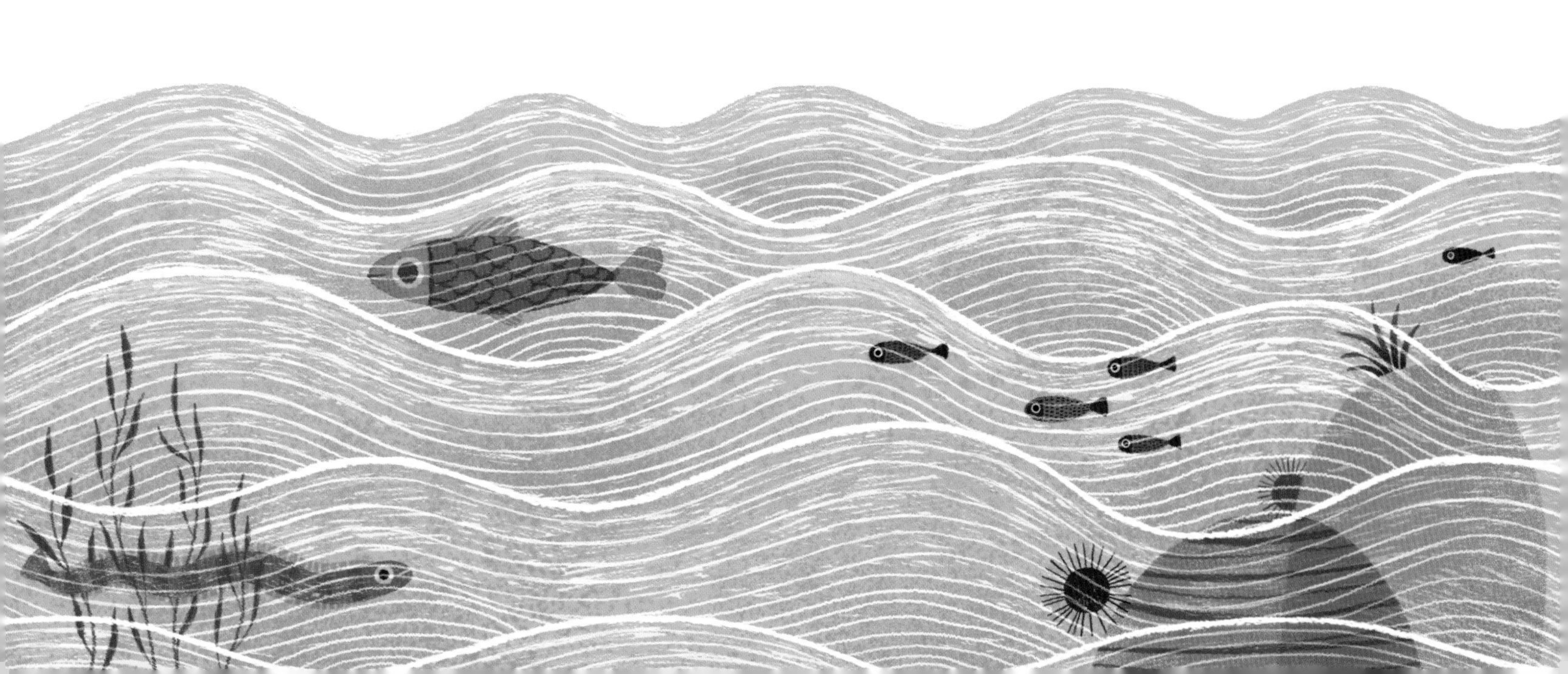

有一次，奧斯卡假裝要跑走的樣子，讓小紅船把他牽回來，
他們一起玩得不亦樂乎。

假期快要結束了。

媽媽說：「孩子們，你們都長大了！」

奧斯卡心想明年就能和亞瑟一樣學會游泳，這樣就可以到更遠的地方，開始偉大的冒險。

爸爸說：「你們看起來好有活力，皮膚都晒出了漂亮的顏色！」然後他看了看小紅船，

有些遺憾的說：「除了你的小船以外，奧斯卡。不知道我們還要不要把它帶回家……」

奧斯卡生氣的大喊：「當然要！這是**我的**船，我超愛它的！我要永遠留著它！」
於是爸爸只好同意：「喔，好吧！」

回家的前一晚，奧斯卡睡不著。
在月光下，小紅船只是他身旁的一道影子。
「你呢？」他小聲問：「你想回家嗎？」
他沒有聽到任何回應，也許想，也許不想。

他繼續說：

「小船是不會和小男孩一樣長大的，對不對？它只會越來越舊，越來越舊……」

小紅船沒有回答，因為也不需要多說什麼。

奧斯卡又想：「我會長大，但我的小船不會，它會變舊，會壞掉。

現在，它還來得及離開，之後，可能就太遲了……」

第二天，到了最後一次玩水的時間，亞瑟和安柏在海灘上撿漂亮的貝殼當作紀念品，奧斯卡則有別的任務要完成。

他帶著小紅船走進水裡。他一直走、一直走，走得比平常還要遠。

他轉頭看向爸爸，爸爸對他露出微笑，讓他放手去做。

奧斯卡又向前走了兩步，然後停了下來。他已經不能再往前走了，但他的小船可以。

奧斯卡將小紅船輕輕的放在水面上，又挽留了它片刻，
因為放手讓喜愛的事物離去是多麼痛苦的一件事。
接著他下定決心，放開手，讓小船自由。

小紅船沒有立刻離去，
它像顆陀螺般不停打轉，好像不知道該怎麼面對突如其來的自由。
也許對它來說，離別也是很不容易的。

突然之間，它走了！直直的航向大海。小紅船朝著地平線而去，
在那裡一定有會唱歌的鯨魚和美人魚，也會有許多閃閃發亮的寶藏。
「再見了！」奧斯卡好想這麼大喊，但想說的話卻卡在他的心和喉嚨之間。
於是，為了和小紅船說再見，他張開雙臂，像大鳥的翅膀一樣，
在空中不停的揮舞著、揮舞著……